Para quienes no pueden verse.
Tal vez hoy sea un buen día para empezar
a lanzar las etiquetas por los aires.

Lucía Serrano

¡Fuera Etiquetas!

En el inicio de los tiempos, las personas inventaron las palabras para explicar el mundo que las rodeaba. Las palabras fueron necesarias para sobrevivir en la naturaleza.

Poco a poco se fue creando el lenguaje,
sin el cual no podríamos vivir.

Las personas necesitamos explicar todo lo que vemos, imaginamos y sentimos. Si no podemos explicar algo con palabras, nos inquietamos. Es una sensación incómoda, es como querer quedarse en un sitio y, a la vez, querer irse.

Cuando encontramos las palabras adecuadas, nos sentimos mejor y la inquietud comienza a desaparecer.

Vamos a hacer una prueba.
Cierra los ojos.
Nos quedaremos en silencio un ratito.

Ya puedes abrir los ojos.
¿Qué había dentro de tu cabeza?
¿Había alguna palabra?

Las palabras sirven para tener ideas. Y nos explican cómo son las personas y las cosas por fuera y por dentro.

PALABRA

IDEA

¿CÓMO ES UN PLÁTANO?

¿CÓMO ES UN BICHO BOLA?

¿Y CÓMO ERES TÚ?

No se puede utilizar solo una palabra para decir
cómo es alguien. Sería como meter a la gente en un cajón.

A las personas no se nos ordena en cajones
como a los juguetes.

No siempre nos comportamos igual.
¿Te imaginas qué pasaría si lo hiciésemos?
¡SERÍAMOS COMO ROBOTS!

Cuando usamos mucho una palabra para describir
a alguien, decimos que le hemos puesto una etiqueta.
En ese momento, la palabra empieza a crecer.

Y crece tanto que ya no ves a la persona.

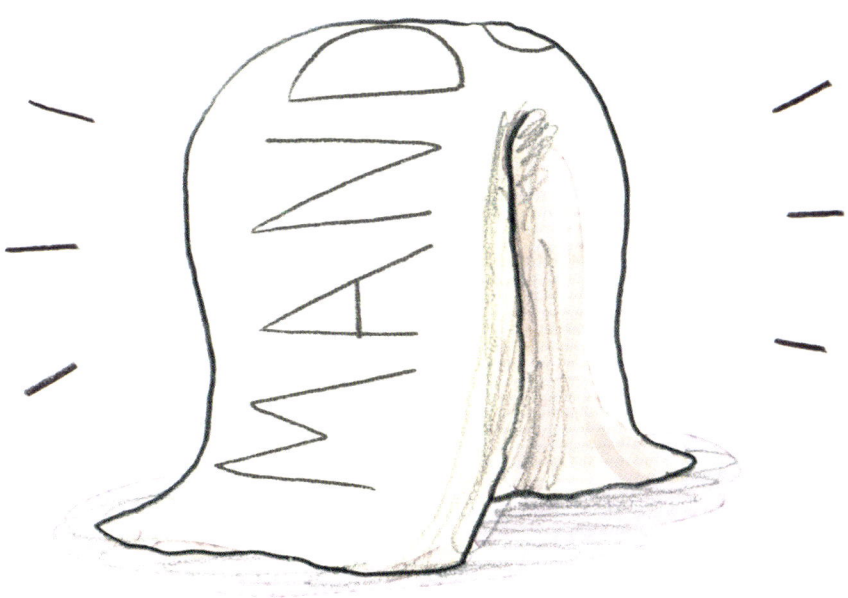

Y ella tampoco puede verse bien.
No verse da mucha tristeza.

Para que la etiqueta vuelva a ser pequeña,
hay que dejar de usarla. Si pides que no te llamen algo
y siguen haciéndolo, puedes pedir ayuda.

Si te ponen una etiqueta, es probable que acabes creyéndotela.
Es un poder secreto que tienen las palabras.

Si alguien afirma que eres UNA cosa, puedes responder
que eres MUCHAS cosas. Verás como después de decir
esta frase en voz alta te sientes mejor.

Las personas adultas a veces ponen etiquetas a las niñas y niños.
¡Incluso antes de que salgan de la tripa de sus mamás!

Se creen que saben cómo eres, aunque no te conozcan de nada.
Y deciden sobre tus gustos. Aquí tienes unos ejemplos,
pero puedes buscar más:

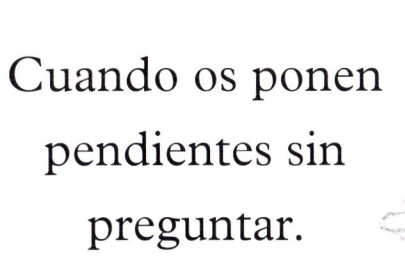

Cuando os ponen pendientes sin preguntar.

En las tiendas de ropa.

Cuando os dibujan (¿Por qué solo les ponen pestañas a las niñas? ¡Los niños también las necesitan!).

Cuando fabrican vuestros juguetes.

ETIQUETAN:

¿Es una niña? Pues entonces...

LE GUSTARÁ EL ROSA

DELICADA

PRINCESA

SENSIBLE

RESPONSABLE

SIBILINA

PARLANCHINA

QUERRÁ PENDIENTES

GUAPA

ESTO NO ESTÁ BIEN.

HAY QUE DEJAR
A LAS NIÑAS Y LOS NIÑOS
SER COMO SON.

Las personas adultas también ponen etiquetas
a otras personas cuando son diferentes a ellas.

Por ejemplo, por el color de su piel

o la forma de su cuerpo.

Cuando se comportan así,
las personas adultas se equivocan mucho.

PERO ¿POR QUÉ LO HACEN?

Entonces ¿de qué modo podemos
explicar cómo es alguien?

En realidad, no hace falta explicar cómo es la gente.
Tú puedes explicar cómo eres tú, y las otras personas
pueden explicar cómo son ellas.

Pero, si alguna vez necesitas hablar de cómo es alguien, debes saber estas dos normas fundamentales:

Cuando alguien hace algo que no nos gusta, hay que decirlo. Pero se critica el comportamiento, no a la persona.

Y sobre todo:
DEL CUERPO DE LAS Y LOS DEMÁS NO SE OPINA.

Si nos equivocamos, podemos cambiar nuestra manera de actuar. (Y debemos hacerlo).

Estamos aprendiendo, podemos equivocarnos.

Eres muchas cosas diferentes.

Y eso está bien.

No te comportas siempre igual.

Y eso está bien.

Y lo mismo pasa con todas las personas que nos rodean.

¿Probamos a conocernos?

No soy ni una palabra ni dos ni tres.
¡Soy muchas palabras bonitas a la vez!
Y eso está bien.

Yo soy...

Papel certificado por el Forest Stewardship Council®

Primera edición: septiembre de 2024

© 2024, Lucía Serrano, por el texto y las ilustraciones
© 2024, Penguin Random House Grupo Editorial, S. A. U.
Travessera de Gràcia, 47-49. 08021 Barcelona

Penguin Random House Grupo Editorial apoya la protección de la propiedad intelectual. La propiedad intelectual estimula la creatividad, defiende la diversidad en el ámbito de las ideas y el conocimiento, promueve la libre expresión y favorece una cultura viva. Gracias por comprar una edición autorizada de este libro y por respetar las leyes de propiedad intelectual al no reproducir ni distribuir ninguna parte de esta obra por ningún medio sin permiso. Al hacerlo está respaldando a los autores y permitiendo que PRHGE continúe publicando libros para todos los lectores. De conformidad con lo dispuesto en el artículo 67.3 del Real Decreto Ley 24/2021, de 2 de noviembre, PRHGE se reserva expresamente los derechos de reproducción y de uso de esta obra y de todos sus elementos mediante medios de lectura mecánica y otros medios adecuados a tal fin. Diríjase a CEDRO (Centro Español de Derechos Reprográficos, http://www.cedro.org) si necesita reproducir algún fragmento de esta obra.

Printed in Spain – Impreso en España

ISBN: 978-84-488-6808-6
Depósito legal: 11.340-2024

Realización editorial: Araceli Ramos
Impreso en Talleres Gráficos Soler, S.A.
Esplugues de Llobregat (Barcelona)

BE 6 8 0 8 6